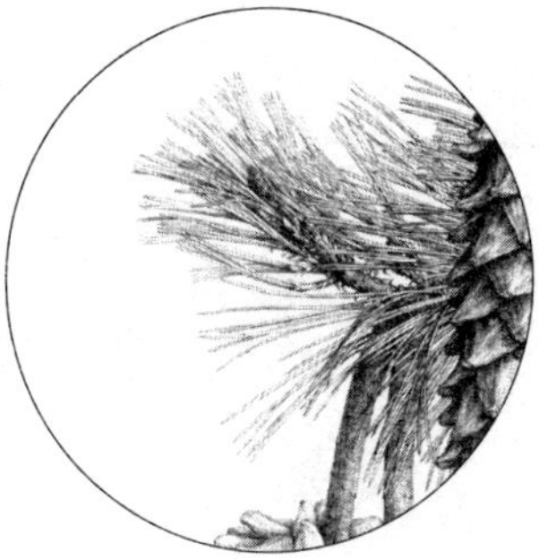

少年读诺奖经典

伟大的诗歌

〔印〕泰戈尔 等　著
宋歌 姜小妹 张双　译

中国妇女出版社

图书在版编目（CIP）数据

少年读诺奖经典．伟大的诗歌／（印）泰戈尔等著；宋歌，姜小妹，张双译．-- 北京 ：中国妇女出版社，2019.1

ISBN 978-7-5127-1656-8

Ⅰ．①少…　Ⅱ．①泰…　②宋…　③姜…　④张…　Ⅲ．①诗集－世界－青少年读物　Ⅳ．①I11-49

中国版本图书馆CIP数据核字(2018)第242120号

少年读诺奖经典：伟大的诗歌

作　　者：（印）泰戈尔 等　著
译　　者：宋歌，姜小妹，张双　译
责任编辑：宋　罡
封面设计：白砚川
责任印制：王卫东
出版发行：中国妇女出版社
地　　址：北京市东城区史家胡同甲24号　　**邮政编码**：100010
电　　话：（010）65133160（发行部）　　65133161（邮购）
网　　址：www.womenbooks.cn
法律顾问：北京市道可特律师事务所
经　　销：各地新华书店
印　　刷：三河市金轩印务有限公司
开　　本：170×240　1/16
印　　张：13
字　　数：100千字
版　　次：2019年1月第1版
印　　次：2019年1月第1次
书　　号：ISBN 978-7-5127-1656-8
定　　价：39.80元

诺贝尔文学奖
青少年读库

灿若星辰的文字

深如沧海的思想

高山仰止的情怀

……

让孩子在真正的大师陪伴下成长

汲取经典的精神食粮

目录

苏利·普吕多姆

（1839～1907）

法国诗人，1901年获诺贝尔文学奖（世界第一位诺贝尔文学奖得主）

获奖理由："高尚的理想、完美的艺术和罕有的心灵与智慧的实证。"

文学的盛宴
语言的狂欢

翅膀

那时我还小，上天可以作证
居于低矮之地，渴望广袤天穹
我向上天祈祷，赐予我一双翅膀
希望这鲁莽的愿望没有打扰他的宁静

空气令人窒息，仿佛死神来到
澄净的天！我多么渴望一个新的季节
这也是你的错，因为你一直召唤我
用你壮美的蓝天，飞翔的小鸟

我是战败的归者，我已精疲力竭
这世界太大，却无法容纳我的灵魂
为什么，你要报复一场无力的爱情
一个邪恶的天使，带着忌妒的恶意
在我的后背插上他那双巨大的翅膀
那翅膀扑闪着，沉沉地压在我的心上

灵感

一只色彩奇异的孤独的鸟
落在一个女孩的肩头。可是
她拔去了它绚丽的羽毛
制造了痛苦，用它的一袭彩衣

柔软的羽毛，还带着身体的温热
冷酷的嘴吐出热气，把它吹散
这只鸟，就是我的心；那女孩，是个罪人
是让我一提起来就忍不住伤心流泪的伙伴

女孩快活无比，我却哀伤不已
我痛苦地凝视心中的美
被她取笑，吹上渺茫的远空
她喜欢仰着头，用轻飘的气息
摇动我的梦，我就是所谓的诗人
愿她吹不散我的梦，我宁愿不再是诗人

最后的假期

幸福！一个孩子七岁就离开了人世
还没到心为享乐而滴血的年龄
他死于羸弱，双眼圆睁
望着金橙树下泛着蓝光的地中海
曾被拴在课堂上的小小灵魂，再也无法被摆布
能够自由地消失，他分外高兴
再也没有老师了！现在是他让别人服从
母亲好像成了姐姐，为他服务

他击败了强大的人，用他的羸弱
他得到了梦想的东西，在人们给予之前
他的苍白宽恕了他，在大家宽恕他之前
心无内疚，招人喜爱，调皮，懒惰
他是用目光跟随着远去的船
在一个夜里，在旅行的梦中停止的气息

梦的真相

梦，睡袋中生出的一条阴险的蛇
在我的双臂上讨好似的缠绕
吐着信子把媚惑之药涂上我的嘴唇
还变幻着颜色，哄我高兴
蛇从枕下爬出，从那一刻起
我流动的血液犹如灼热的岩浆刹那冷凝
我在它的盘结下沦为俘虏，在它的目光下沦为奴隶
我好像看到别人借用了我的身体

但不久我就觉察到了它温柔的恶意
我在它的重压下白白地蜷起身体
却重新跌倒，无法将它摆脱
蛇的牙寻找我的心，翻翻咬咬
我死了，彻底被困于残缺的梦
“无法摆脱的怪物啊，你究竟是谁？”
——“烦恼。”

银河

某夜，我对星星们说
看样子你们并不幸福
你们在无尽的黑暗中闪烁
脉脉柔情里含着痛楚

仰望夜空，我仿佛看到
一支穿着白衣的哀悼队伍
圣女们举着数不尽的蜡烛
忧伤地绵延而行

难道你们一定要不停地祷告
难道你们是受伤的星星
你们洒下天穹的不是星光
一滴一滴，是光的泪珠

星星们，你们是人类的先祖
你们是众神的先祖
为什么你们还要流泪呢
星星们回答：我们孤独

每一颗星都彼此远隔
人类却以为星星们离得很近
星星的光何其温柔灵动
在星星的国度却没有证人

烈焰释放出的满腔热情
黯然消失于冷漠的太空
于是我说，我懂得你们
你们就像人的心灵

每颗心都在发光，都很远离
虽然看起来近在咫尺
而她，孤独永恒的她
在夜的寂静中无声燃烧

天鹅

深邃宁静的碧湖明亮如镜
天鹅双蹼划浪，无声滑行
两肋的羽绒，像四月的春光下
欲融未融的白雪
巨大的乳白色翅膀在微风中颤动
如一艘缓行之船在湖面漂游
它高扬美丽的长颈，俯视芦苇
时而浸入湖水，时而在水面低回
时而完成曲线，浮雕花纹般优雅
时而将黑喙隐进雪白耀眼的脖颈
它游过黑暗宁静的松林边缘
气度雍容，忧郁哀愁
细细的水草宛如发丝拖在身后
那岩洞，诗人在倾听他的感受
那泉水哀泣着逝去的伙伴
天鹅为之眷恋，徘徊流连
静落的柳叶，掠过天鹅白色的肩
稍后，它远离森林的幽暗
昂起头，前往空阔的蔚蓝

为了赞颂白色——这是它的尊崇
它选中阳光辉映的灿烂水乡
当湖岸沉入一片朦胧
一切轮廓化为晦暗模糊的幽灵
地平线暗淡，只剩红光一道
灯芯草和菖兰花一丝不摇
雨蛙们在寂静中演唱
点点萤火在月光下闪烁
天鹅遂在黑暗的湖中睡去
湖水映着乳白青紫的夜光
如万点钻石中的一个银瓶
头埋翼下，沉睡在两重天之间

碎瓶

花瓶被扇子挥打出裂缝
马鞭草在瓶中枯萎
这一下实在不能说重
几乎无声无息，没有一丝声响

但那条细小的裂痕
使剔透的警惕日渐毁损
以看不见的坚定
慢慢扩延花瓶的全身

瓶中的清水一滴滴渗尽
花朵一天天憔悴
没有一个人察觉到
别去碰它，它已碎裂

爱人的手轻抚心上
也会造成这样的痛苦
于是心就自己碎裂
爱的花朵渐渐枯萎

世人眼中看着都还好
心上的伤口却在变深扩大
请让这个人独自哭泣吧
心已破碎，别去碰它

别抱怨

朋友，别抱怨忧伤的时光
爱情来得太容易
会令人懊悔，削减幸福
就像人们想闻一朵花的香味
却会碰伤花

看看周围那些刚才还在哭泣的人
现在都在诉说着幸福
爱情变成永恒的秘密
已从他们的嘴里悄然泄露

虽然觉得幸福，但在热情熄灭的夜里
他们的眼里再也不能闪烁光芒
虽然互相亲吻，但身体已经不会战栗
而我们，即使手指相撞也会颤抖不停

虽然觉得幸福，可他们再也体会不到
当目光相遇时，内心总会涌起
灼热的疼痛和沉重的压迫

而我们，总是有这种灼痛和重压

他们觉得幸福
是因为可以住在一起，可以拥有财产
可是他们再也不会拥有可爱的秘密
他们觉得幸福
是因为大家看到了

致读者

这是我在小径旁采撷的花朵
好运和厄运把我抛在那里
我却不敢呈献纷扰的回忆
将它结成诗集，或许更令人中意

涌着泪水的玫瑰尚未凋谢
我给漆黑的目光装上思维的翅膀
湖中盎然的青绿，挺拔向上的麦穗
还有沉思的睡莲，我的生活是诗中的一切

你的生活也是这样，读者，因为人类
全都大同小异，无论是灾是福
他们都不惑而思，为爱而哭
人类至少用去二十个春秋去做梦
最后终有一天，大家都想站起来
想在消逝之前留下一点什么

献词

与我写过的诗，密谈一次
原谅我所有的诗句
因为歌唱爱情而没有提过你的名字
是的，我写的更多的是别人的灵魂

可是，这些诗对别人毫无价值
诗里的温情只向你倾诉
别人看不到我爱的人
因为我不曾说，而你很清楚

你在深夜里哭泣时
白蜡烛的柔光映照着将熄的壁炉
它只在暗处闪烁，天亮便会消失
恰如白蜡烛的点点烛光
我在没有你的黑夜里写了这些诗
一旦被别人读过，它就会黯然失色

妒春

春天
最短暂、最令人向往的季节
请你长留在身边
带来我的心上人
我在等她

春天的晴空对我毫无用处
我看见她是在隆冬时节
那转瞬即逝的柔情蜜意
在漫长的一年之中
我只享用过一次

遇见她的幸福之光
在舞会上一闪即逝
冬天过去，我失去了她
这就是为什么
春天会令我如此哀伤

离开她时，我惧怕你

怕你送来一朵娇嫩的小黄花
在她的心中绽放
再邀请她一起细细观赏
噢，多么危险的事情

这颗心什么都不知道
在你的温柔抚慰下
它预测着将来的黎明
想让所有的鲜花慢慢盛放

听着空气里的温柔劝告
她为你的呼吸而感到惊奇
五月的空气真是可怕啊
冬天尚未来到
我就觉得会完完全全地失去她

梦

在梦里，农民对我说:“我不养你，
你要自己做面包、耕地、播种。”
纺织工对我说:“你要自己做衣服。”
泥瓦工对我说:“拿起你的瓦刀来。”

我被所有的人抛弃，在这世界上孤独一个，
我想去流浪，却再度被人群隔离。
我祈求上苍赐予高贵的怜悯，
却发现雄狮挡在前方阻住了去路。

我睁开双眼，开始怀疑又一个黎明，
有个勇敢的伙伴吹着口哨登上扶梯，
田地里完成了播种，一片欣欣向荣。
我体会到自己在这个世界上的幸福，
没有人敢吹嘘自己不需要帮助，
从今天起，做热爱劳动的人。

他们去哪

那些为爱情而死的人不会上天堂
不会拥有黑夜、溪涧和小路
也不会在神圣的住处品尝到
那足以令人忘记热吻的甜蜜

他们不会下地狱
他们正在鲜红的唇上炙烤
魔鬼的尖指挖去了胸膛
挖去他们残忍的蔑视和顽固的疑心

他们去哪？有怎样的剧痛和狂欢
倘若墓中的心全都一样
可否抵得上尝过的快乐和苦难
既然在人间就有了地狱和天堂
有了无穷的恐惧和无尽的渴盼
那么死后，他们都将魂飞魄散，彻底消亡

乔祖埃·卡尔杜齐

（1835～1907）

意大利诗人，1906年获诺贝尔文学奖

获奖理由："由于他的渊博学识、批判性思想，更由于他诗歌的杰出创造力和抒情的魅力。"

文学的盛宴
语言的狂欢

一切都会好起来

祖国的儿女，前进吧
在隆隆的炮声中放声高歌
今天是一个光荣的日子
红旗飘扬，士气高昂
在恐惧与混乱中
普鲁士君王逃回老巢
异教徒和亡命者全被击退
正在遭受饥寒与病痛的折磨
沼泽地上死气沉沉
唯有夕阳的余晖，晚霞的光晕
为山冈染上一层荣光
暮色苍茫中
传来歌德的声音：
从这里开始，从今天开始
世界历史已揭开新的篇章

拉宾德拉纳特·泰戈尔

（1861～1941）

印度诗人，1913年获诺贝尔文学奖

获奖理由："由于他那含义深远、清新美丽的诗歌；他用英语表达出的诗意盎然的思想，已成为西方文学的一部分。"

文学的盛宴
语言的狂欢

玩具

孩子，你好快乐呀，
一大早坐在泥土里，玩折来的小树枝。
我微笑地看着你玩得不亦乐乎。
我正忙着算账，一小时一小时地累计数字，
也许你在看我，在想：
“这种无趣的游戏，竟然浪费一早晨的好时间！”
孩子，我早已忘记聚精会神玩树枝与泥球的方法，
执着于寻求贵重的玩具，比如金块与银块。
而你，无论找到什么都可以快乐地游戏，
而我，却把时间和精力浪费在不能得到的东西上。
我挣扎在脆弱的独木船里，
想要驶过欲望之海，
竟忘了自己也是在玩游戏。

天文学家

我问:“黄昏时满月挂在昙花枝头，怎么不捉住它呢?”

哥哥笑答:“孩子，你真是我见过的最傻的孩子。月亮那么遥远，谁能捉住它呢。”

我说:“哥哥，你才傻呢！当妈妈站在窗外，微笑着看我们玩耍时，你能说她离我们远吗?”

哥哥说:“你真是我见过的最傻的孩子。你到哪里去找一张大得能网住月亮的网呢?”

我说:“不难，我们可以用手捉住它！”

哥哥笑答:“你真是我见过的最傻的孩子。如果月亮能靠近，你就知道它有多大了。”

我说:“哥哥，你在学校学的都是胡说八道！难道妈妈俯下脸亲吻我们时，她的脸看起来非常大吗?”

但哥哥仍然说:“你真是我见过的最傻的孩子。”

同情

如果我是一只小狗，而不是你的孩子，

亲爱的妈妈，

当我想吃你盘子里的东西时，你会向我说“不”吗?

你会赶开我，对我说“滚开，你这淘气的小狗”吗?

那么，离开吧，妈妈，离开吧!

当你呼唤我的时候，我再也不到你怀里去，再也不要你喂我东西吃。

如果我是一只绿色的小鹦鹉，而不是你的孩子，

亲爱的妈妈，你会把我牢牢地锁起来，怕我飞走吗?

你会对我摆摆手，说“真是一只不知感恩的贱鸟，就知道咬链子”吗?

那么，离开吧，妈妈，离开吧!

我要逃到树林里去，再也不让你把我抱在臂弯里。

十二点钟

妈妈，我真不想做功课了，整个早晨一直都在读书。

你说，现在不过是十二点。

妈妈，难道你不能把不过是十二点想象成下午吗?

我轻轻松松地就能想象到：

太阳已经落到稻田的边上，老渔婆正在水边采香草做晚餐。

我闭上双眼就能想象到，马塔尔树下的阴影已经黑暗，池塘里的水也黑得发亮。

假如十二点能在黑夜时来临，为什么黑夜不能在十二点时来临呢?

灯为什么熄灭

灯火为什么熄灭?
我用斗篷遮住它以免被风吹灭，却因而熄灭了灯火。
花朵为什么凋谢?
我用热烈的爱将它紧压在心上，却因而凋谢了花朵。
泉水为什么干涸?
我盖起一道堤坝让它只供我使用，却因而干涸了泉水。
琴弦为什么绷断?
我强力弹它让它发出音节，却因而绷断了琴弦。

盲女

清晨，一位盲女献给我一串花环，用荷叶挡着太阳。

我将花环挂在颈上，泪水模糊了双眼。

我吻吻她，说：

“你和花朵一样看不见，不知道这个礼物多么美丽。”

五月

五月天，正午的闷热悠长无尽。
大地在灼热的干渴中张开嘴巴。
河边有声音喊道："来吧，我的宝贝！"
我合上书，开窗望去，
一头大水牛站在河边，一身泥土，目光深沉。
一个年轻人站在没膝的水中，亲热地叫它洗澡。
一种甜蜜的柔软刹那席卷，
我的脸上绽放出会心的微笑。

飞鸟集

生如夏花之绚烂，
逝如秋叶之静美。

露珠对湖水说：
“你，是荷叶下的大露珠；我，是荷叶上的小露珠。”

尘土饱受侮辱，
却以花朵来报答。

夜对太阳说：
“在月亮中，你送了你的情书给我。
“我已经在绿草上留下带着泪滴的回答。”

思想掠过我的心，
如一群野鸭飞过天空，
我听见它们展翅的声音。

小花问：
“太阳啊，我要怎样对你歌唱，怎样将你崇拜？”

太阳回答：

“用纯洁简朴的沉默。”

小花睡在尘土里，

它在寻找蝴蝶走过的路。

流萤集

漫天纷飞的花瓣，
并非为了将来的累累硕果，
而是为了刹那的奇思妙想。

四月，像个孩子，
用鲜花在尘土上，写下象形文字，
随即又将它们抹掉、忘记。

白夹竹桃与粉夹竹桃不期而遇，
用不同的方言聊得兴高采烈。

微风悄悄问睡莲：
“你的秘密是什么？”
睡莲回答：
“是我自己。偷走这秘密，我就消失了。”

花朵是古老的，
花朵带来了不可追忆的远古种子的消息。

草比山长寿，
草从一次次死亡里复活。

我是如此欣慰，
天空没有留下翅膀的痕迹，
但我已经飞翔过。

这同一个生命

就是这同一股生命之流，
穿过我的血管，
穿过整个世界，
日夜向前奔涌，
有节奏有韵律地舞蹈着。

就是这同一个生命，
钻透大地的尘土，
萌生无数草叶，
又迸发出叶和花。

就是这同一个生命，
在生与死的海洋摇篮里，
在潮涨潮落间轻摇入梦。

我的肢体啊，
因这世界的触摸而增光添彩；
我的骄傲啊，
来自血液中舞蹈了无数个世纪的生命韵律。

王子

妈妈，年轻的王子要经过家门口。
今天早晨，我怎么能干活呢?
教我编辫子吧，教我该穿什么衣裳。
为什么惊讶地瞅过来呢，妈妈?
我知道，他不会看一眼我的窗户，
不会在我家门口停留片刻。
随着他的远去，
只有轻柔的笛音会从远方依稀传来。
可是我知道，年轻的王子要经过家门口。
在这一刻，我要穿上最漂亮的衣裳。

妈妈，年轻的王子要经过家门口。
今天早晨，太阳会将他的马车照耀得闪闪发光。
我从脸上揭去面纱，
从脖子上摘下红宝石项链，
把项链扔到他必经的路上。
为什么惊讶地瞅过来呢，妈妈?
我知道，他不会捡起项链，
项链将被沉重的车轮碾碎，

只在尘土里留下一块鲜红的斑点。
我的礼物是什么？我要把它送给什么人？
谁都不清楚。
可是我知道，年轻的王子要经过家门口。
在这一刻，我会把项链扔在他必经的路上。

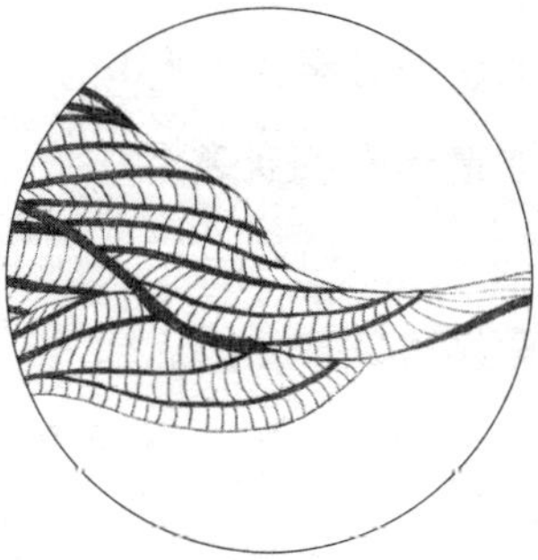

孩子们在举行一场盛大的聚会

在世界的这一边，在漫长的海滩上，
孩子们在举行一场盛大的聚会。
上方是辽阔静止的远空，
面前是奔腾喧闹的海波，
此起彼伏的欢呼声传出很远很远。
用沙子堆成房屋，
用贝壳玩起游戏，
用枯叶折成小船，
孩子们的游戏总是那么有趣。
采珠人会潜水寻珠，
航海者会驾船航行，
孩子们不会游泳，也不会撒网，
只会拣起石子又扔掉，拣起石子又扔掉，
因为他们从不搜求宝藏。
大海在欢笑，海岸也在欢笑，
波涛层层翻卷，
像母亲在摇着婴儿的摇篮，
唱着古老的歌谣。
大海在欢笑，海岸也在欢笑，

风暴在天空中飘游，船舶在海面上漂流，
死亡随时逼近，
孩子们却在游戏。
在世界的这一边，在漫长的海滩上，
孩子们在举行一场盛大的聚会。

像一头香獐

像一头香獐在奔跑，
我也在奔跑，
一直跑进森林的暗影里。
这是五月中旬的夜啊，
这是南来的风。
在森林里，我迷路了。
我心有所求却求而无望，
我心无所求却无所不有。
我的心里，
走出贪婪的欲望，
欲望在手舞足蹈。
美妙的幻觉倏忽闪现，
又倏忽飞远。
我要抓住它，抓住它，
是它将我引入歧途。
我心有所求却求而无望，
我心无所求却无所不有。

魏尔纳尔·冯·海顿斯坦

（1859～1940）

瑞典诗人、小说家，1916年获诺贝尔文学奖

获奖理由：由于他“作为瑞典文学新时代的第一代表的重要性”。

巫婆的忠告

你央求我：
“请教会我布网，
让我能牢牢地网住幸福！”
坐下吧，我的孩子，这很容易！
静静等候，双手交叉在膝上。
幸福之蝶每天在我们身边飞舞，
扇动着金色翅膀追赶我们。
可是——谁能教会一个人
网住飞蝶而不折断它的翅膀？

珠宝

欢乐成为女人的珠宝
神灵冷酷，命运残忍
缺衣少食——这就是我们
严肃又令人振奋的人生

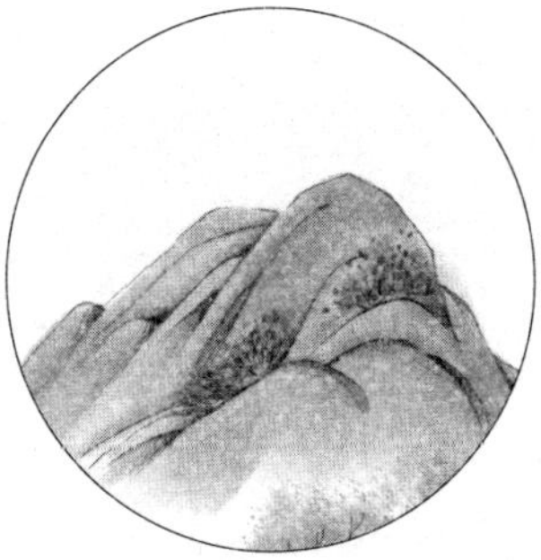

家

我渴望重返森林中的家
野草丛里的小径
海岬上的小屋
结满硕大苹果的树
被风吹拂的庄稼
是否还簌簌地摇晃
在我安扎过帐篷的地方
是否还有钟声
亲切地在夜间敲响

那里长存着我的记忆
那里永生着我的死亡
我吝惜地奉献出漫长的岁月
难道命运在灰色线上摇动
我像阴影一样活着
我的记忆也活在阴影中
果树并不在小屋附近
门上落着沉沉的锁
台阶上堆积着

被风召集来的枯叶
让别人尽情狂笑吧
让再生的潮水
在桥下的宽阔溪谷里激荡
我不想听什么，也不想说什么
坐在小屋的窗旁独自凝思
那是我的王国

当他们闭目静坐
永远不要以为他们老了
我们离开的人
我们抛弃的人
如同新鲜的花朵和青草
很快会失去香味和颜色
从心中撕碎一个名字
就像从窗框上擦掉积落的尘埃
他们如高大的幽灵站在那里
给大地
给所有的你的思想投下阴影
你的命运将会如何
每晚回到家中
仿佛燕子归巢
一个家
可靠的、无害的地方

属于我们自己的世界
我们筑起围墙让它可靠无害——
在这个世界上
我们唯一的家

思维之鸽

思维之鸽孤单一个
穿过暴风雨，拖曳着翅膀
在秋天的湖面上飘摇
大地燃烧，心潮沸腾
奋进吧，我的鸽子，千万不要
千万不要误入遗忘岛

刹那的电光霹雳，可怜的鸽子
有没有把你吓到
且在我手中稍歇。你被迫沉默
你已受伤，且在我的手中小憩

春天的时刻

我们为死者感到遗憾
他们不能在娇媚的春天里
坐在开满野花的山坡上
沐浴明亮温暖的阳光

但是，他们或许正在轻声细语
谈论西洋樱草和紫罗兰——
活着的人谁都听不懂
死者比我们知道得更多

太阳落山之后
也许他们比我们更快乐
更喜欢在夜晚的阴影中游荡
那些神秘的思想
或许只有坟墓才知道

在枫树的黄昏里

在枫树的黄昏里
立起一根倾斜的十字架
有一个声音在那里低语
犹如远方教堂的钟声
挖下第一锹，我想起自己的年轻岁月
挖下第二锹，我想起自己的罪行过失
挖下第三锹，当黄土散落
我想起每一句肺腑之言，每一次善意之举
我们曾默默交换，像在交换一份礼物
记忆是开在手心的花朵，永不枯萎

月光

尽管白天没给我收获和欢乐
奇怪的是我的神志竟如此清醒
度过的一生仍令我无比欣慰
那深藏在愁苦与伤痛中的一切
在今夜的月光下不住地颤抖

最艰难的路

你牢牢压住我
黑暗的手沉重地压住了我
我发誓要坚强地挺住
发誓要给自己戴上花冠
明媚的春光中传来鸟的啼鸣
那声音完全不同于老人的忧烦
我的周围遍是寒凉的阴影
前方依然有最艰难的路要走

起程

我站在一座桥上
桥从尘世通向另一个地方
曾经那么近的路程
现在变得非常遥远

桥下仍像从前一样
人们在互相吹捧，互相指责
在为将来的战事磨砺刀剑
现在我明白了
即便面对敌人的盾牌
也要坚持崇高的信念

我不会再陷入迷乱的生活
在寂冷如冬、清静如秋的日子里
我孑然一身，独自生活
自由自在地迈步向前
我踢掉鞋子，甩掉手杖
走得一身轻松
因为我不愿让尘埃污染这纯净的世界

桥下的人们
很快会把一具难看的尸体抬往墓地
嘴里偶尔咕哝着一个名字
很久以前，那是我的名字

卡尔·施皮特勒

（1845～1924）

瑞士诗人、小说家，1919年
获诺贝尔文学奖

获奖理由："对他的史诗作
品的特别礼敬。"

太阳应考

行星，彗星，闪闪烁烁，
围住太阳，
忽然提出难题——

说一说：
光和热来自哪里?
红黄橙蓝黑在哪里?
昼夜交替有什么规律?
——一颗颗星星俨若行家
得意扬扬。

太阳回答：
“你们问的，我都不知道。”
说完起身，
顿时，世界一片明亮——
破晓！

小玫瑰

一位公爵的女儿，
嗑着坚果，
在清澈的小溪边漫步。

一朵小玫瑰，
红意凋零，苍白无色，
扑在地上一身枯萎。
尽管不堪泥土的欺凌，
唇畔却绽着微笑。

“告诉我，小玫瑰，
你的生命力从哪里来?
为何在枯萎中，
还绽放笑容？”

几番挣扎，
小玫瑰抬起头，
气脉虚弱地说：
“我走过天堂的小路，

受过仙境的恩泽。
天国的芳香
在我身边轻轻萦绕。
即便今日枯萎湮灭，
我也要含笑而归！”

神签

金鱼池里水平如镜，
年轻的公主临镜含笑。
戒指投入水中，
心中呢喃：
“嗨，满池清波，
犹如魔镜，
请赐我一签，
为我占卜！”

看，清池中白云飞驰，
向东翩翩而去，
哎！西天吹来乌云狂风，
一口口吞噬白云。

公主跳着折断树枝，
愤怒抽打水波，
脚步来来去去：
“都是欺骗！
都是鬼妖！

年轻美貌

才是我真实的照影！”

乐天的水手

六个勇敢的水手
兴致勃勃，在晨风中
狂喊乱叫，
“嘿嘿！哈哈！”

喧嚣的大海，
卷走了食物，吞没了货物。
五个水手悲痛哭号：
“天哪，苦命啊，苦命啊！”

另一个水手高喊“乌拉”！
眼看自己的物品沉入大海。
对于他的欢乐和高喊，
伙伴们迷惑不已。

“我两次遭遇灾难，
滔滔洪水，
早已将我的家园和财物，
席卷一空。”

威廉·巴特勒·叶芝

（1865～1939）

爱尔兰诗人、剧作家，1923年获诺贝尔文学奖

获奖理由：表彰“他那充满灵感的诗，通过高度艺术形式展现了整个民族精神”。

茵纳斯弗利岛

我要走了，去茵纳斯弗利岛
在那建一个泥巴茅草屋，用枝条编墙
我要养一箱蜜蜂，种九垄豆角
独处在蜂群嗡嗡的树林草地

那里会给我安宁，水一样滴落的安宁
从清晨的面纱滴落到蟋蟀的表演场
那里的午夜闪着微光，正午闪着紫光
傍晚扑满了红雀的翅膀

我要走了，因为朝朝暮暮
我都能听到湖水轻轻拍岸的声音
不管我站在马路上还是灰色人行道上
那声音总在我心深处响起

柯尔庄园的野天鹅

树林里荡漾着一片秋色
林中小路安然静谧
十月的黄昏弥漫在流水上
映照着寂静的天空
透明的流水中散落石头
五十九只天鹅在中间悠游

自从我为它们计数以来
已经是第十九个秋天
我发现，计数还没有完成
猛然间就有天鹅飞上天边
拍打着翅膀不停盘旋
在水面上勾出一圈圈碎纹

我见过这群天鹅的光辉
如今却令我痛楚
一切都变了，自从第一次来到湖边
也在傍晚时分
我听到半空传来翅膀的拍打声

我那时的脚步还很轻盈

尚未厌倦，一对对爱侣
友爱地在秋水中并肩
或者努力地向天空奋飞
它们的心还很年轻
不管身在何方
总怀有不绝的激情和雄心

浮游于宁静的水面
何其神秘，何其美丽
有一天醒来，它们忽然不见
在哪片芦苇丛里隐居
哪一个水边，哪一个湖岸
取悦于人类的目光

长腿蜻蛉

为了不输掉这场战争
不让文明衰落
把马儿拴在远处吧
让猎狗也保持沉默
我们的主帅恺撒就在帐里
地图四处摊放
他的眼睛什么也不看
一条胳膊枕在脑后
就像长腿蜻蛉在河面上飞舞
他的心思也在一片寂静上盘旋

为了让人们记住她的脸
战火吞噬了高塔碉楼
从僻静的小路静静地走
不准把她打扰
年轻美丽的海伦
以为没有人看到
试着跳起从街上学来的舞步
样子有些笨拙

就像长腿蜻蛉在河面上飞舞
她的心思也在一片寂静上盘旋

为了让情思朦胧的少女
去想象第一个亚当
紧闭西斯廷教堂的大门
别让孩子进入教堂
米开朗琪罗高踞上面
在高架上仰望
大肆挥洒画笔，动作却轻得
有似小老鼠
就像长腿蜻蛉在河面上飞舞
他的心思也在一片寂静上盘旋

当你老了

当你老了，头发灰白，睡意沉沉
在火炉边打盹，请阅读这首诗
细细品味，重现你往日温柔的眼神
从眼中露出浓浓的旧影

多少人向你表达了热烈的爱慕
因你的青春容颜，或假意或真情
只有一个人爱你朝圣者般的灵魂
爱你苍老的脸庞上浮现的哀怨

佝偻着腰身，在灼热的火炉旁
轻轻泣诉，几许凄然
那远逝的爱，已抵达山巅
在群星间隐现羞愧的面容

白鸟

亲爱的，愿我们是浪尖上的一双白鸟
流星尚未隐没，我们已厌倦它的闪耀
晨曦初露，天边一颗蓝星泛起幽光
从你我心中唤醒一缕深藏的忧伤

铺满百合与玫瑰的梦里露出一丝困倦
亲爱的，别梦见流星的闪耀
别梦见蓝星的幽光
愿我们化作浪尖上的白鸟，只有你和我

数不清的岛和湖萦绕于心
在那里，岁月会遗忘我们，悲哀也会远去
玫瑰、百合和星光都将渐行渐远
亲爱的，只要我们是一双与风浪搏击的白鸟

驶向拜占庭

那不是老人待的地方
年轻人互相拥抱
树上的鸟在歌唱
到处是鲑鱼、鲭鱼
到处遍布着夏天鲜活的生命
包括一切养育者、降生者和死亡者
他们迷恋于各种奇怪的音乐
忽视了不朽的理性和杰作

老人是苍老而卑微的物品
是披在一根拐杖上的破衣裳
除非他的灵魂开始拍手歌唱
开始为其他破衣烂裳放声高歌
世界上所有的音乐学院
都在歌唱自己的辉煌作品
我也因此渡过汪洋大海
来到了圣城拜占庭

站在圣火中的圣徒们

金色的墙砖已有神的预示
请走出圣火，走出圣火
教我的灵魂学习歌唱
请毁去我的心吧
它执迷于七情六欲
它受困于一具行尸走肉
它的本性在请求你
请求你把我收进一件永恒的艺术品

一旦超脱于自然
我再也不会要求具有任何自然的形态
而希望出自于古希腊金匠之手
具有优美的形体、镀金的外表
让那个昏睡的皇帝变得日益清醒
或者，把我放在金枝上
歌唱过去、未来与当下
唱给拜占庭的老爷太太们

埃里克·阿克塞尔·卡尔费尔德

（1864～1931）

瑞典诗人，1931年获诺贝尔文学奖

获奖理由：“他的诗作具有无可置疑的艺术价值。”

文学的盛宴
语言的狂欢

小夜曲

云杉的细叶，白桦的阔叶
飘飞在你枯瘠的屋顶上
啊，请在你的草榻上
在这深夜云影下入睡

当冬天像一位白衣飘飘的追求者
在你寂寥的窗前莅临
那么，请你做一个好梦
它会送给你寒冷中的温暖

当风暴呼啸而来
请回想夏日的歌吟
请回想白桦树下
你曾安歇在我的怀中

你的眼睛是火

你的眼睛是火
我的灵魂是沥青和松香
在我像煤炭一样燃烧之前
请转过身去

我是一把提琴
匣内满装人间妙乐
任你弹奏
任你聆听

请转过身
哦，请转向我
我要燃烧，我要冷却
我是欲望，我是希望
我是秋与春的遥相隔望

绷紧所有的琴弦
让它们纵情歌唱吧
痴狂地歌唱我的爱

我的梦想

请转向我
不，请转过身
让我们像秋夜一样燃烧
让风暴的欢乐舞动生命的帆

直到它静息
直到你的影子消失在黄昏的视线
只有你啊
来与我热烈的时光做伴

别歌

请握一下，握一下这双爱的手
它们曾搀扶过你，引导你的路
因为凉意正从河对岸蔓延而来
白昼正从夜色中淡去

请吻一下，吻一下这忠诚的唇
它们曾爱语绵绵，呼吸温软
因为黑暗正从深渊飞起
血色天空正氤氲潮气

请让这火的拥抱
消融所有的纠纷、质疑与不公
因为变幻的夜将派来黑云
在心中翻滚

冷风将贯穿整个长夜
闪电将在远处的霹雳划闪
即将到来的风暴将会严酷地摇撼
我们——命运筛箩中的谷粒

此刻，迷茫在抽泣，疑问在战栗
当我离开后，是否会有朋友想起我
脸庞是否会发热，眼睛是否会红肿
离去的他是否会变化

回忆多么容易，忘记却很难
这降落的残阳你再也无法看到——
我们从此远隔天涯
一同梦到变化和消失

请从窗口递给我一束辞别的花
我的母亲，请给我勇气担起祖先的使命
在你忧伤虔诚的目光中
我好像读到一首伟大的圣诗

幽谷中每个渴求的灵魂
将因见到上帝之山而欢欣
每一种难以倾诉的思想
将在永恒之歌中奔向自由

祖辈

他们的名字不在史书里
他们的生活不值得记录
可是追溯到遥远的年代
我能寻见他们的光辉遗迹
他们在河畔耕耘土地
在山谷里开采铁矿
他们不知道什么是奴役和屈辱
经常像国王一样畅饮美酒
亲吻年轻美丽的女子
迎娶忠贞的新娘
他们尊敬国王，信奉上帝
安然欢享这世间的幸福

祖辈啊，在痛苦和迷乱中
一想到你们，我就充满力量
要像你们爱惜先辈的遗产那样
我应笑对命运的遗产
安逸的生活总在前方诱惑
想到你们的奋斗和干瘪的面包

我还有什么权利去乞讨
我和欲望拼力搏斗
像在浑浊的江流中清洗身体
是的，我懂得了
欲望比其他邪恶更可怕

祖辈啊，当我在梦里见到你们
心会变得羞愧难安
像一棵连根拔起的草
我被迫抛弃了你们的遗产
现在，我开始弹奏夏与秋的旋律
为它们赋予优美的诗韵
祖辈啊，这是另一番事业
假如有一天
我的诗能唱出暴风的狂啸、江流的奔涌
还有粗犷阳刚的浓厚情意
那么，这片贫瘠的土地上
定会有云雀的啼鸣、春光的明媚
还有森林的低语……
祖辈啊，那可是你们在煤车和耕犁后面
在斧头的节奏下曾经哼唱过的曲子啊

伊凡·亚历克塞维奇·蒲宁

（1870～1953）

俄罗斯作家，1933年获诺贝尔文学奖

获奖理由：表彰“他严谨的艺术才能，使俄罗斯古典传统通过散文得到继承”。

致祖国

啊，祖国，祖国
你受尽他们的讥讽摧残
他们嫌弃你粗陋无华
嫌弃你的草房简陋昏黑

在儿子的城里朋友中
她觉得疲累、悲戚、怯然
儿子心安理得
还为母亲觉得羞惭

他以怜悯的冷笑对她
而她为了见儿子一面
不惜万里跋涉
还为他省下最后一文钱

北方的白桦树

白桦树一身华丽的绿裳
莅临森林水湾，伫立水边
“啊，姑娘们，春天真冷啊，
我在风雪中直打战！”

一阵大雨，一阵冰雹，一阵飞雪茸茸
太阳出来，光芒万丈，万里晴空，瀑水滚滚
“啊，姑娘们，森林和草原多有生机，
春天的装束多么喜庆美丽！”

天色再度阴沉，再度阴沉
雪花弥漫，森林中风声呼啸
“我浑身打战……不要践踏绿草，
要知道，太阳还会照耀！”

歌

我是瓜地里的一个村姑
他是一个快乐的渔夫
白帆在海湾渐渐远去
多少大海大河他都见过

博斯普鲁斯海峡的希腊姑娘
人人都说她们漂亮，我却又黑又瘦
白帆从海面上远去了
他也许再也不会回来了

无论怎样，我都会等待
等不到他，我就离开瓜地
走向海边，把戒指抛入大海
用黑色的长发自缢

无题

花朵，蜜蜂，野草，麦穗
蓝色的天边，酷热的午后
等到有一天，上帝问流浪的人——
“你在世间的生活可算幸福？”

到那个时候，我会忘掉一切，只记得
麦穗和野草之间的这些小径
我来不及回答，就跪在慈悲的上帝面前
满脸都是甜蜜的泪水

黄昏

黄昏时分，天色渐暗
太阳正偷偷地溜下山
茫茫草原，茫茫天地
到处都是绿色的庄稼
荞麦绽放白色的花朵
甘甜的蜜汁随风袭来
村里传出晚祷的钟声
在耳边悠悠地回旋
布谷鸟在远林中不停地歌唱
那些夜宿田野忙着农活的人
才是真正幸福的人

不见鸟的踪影

不见鸟的踪影，树林生了病
正在走向凋零
蘑菇季已悄然过去
沟壑里依然散发潮潮的湿气

密林比以前更矮了
灌木丛中的草枯萎了
在连绵的秋雨下
浓密的树叶渐渐腐烂变黑

旷野上秋风瑟瑟
在这低沉寒冷的白昼
我远远离开村落
在无际的草原上自在畅游

马蹄声令我昏昏欲睡
我半喜半忧地倾听
风怎样用单调的声腔
在枪管里奏出呜咽的歌

晚霞刹那收敛了余光

晚霞刹那收敛了余光
我放眼四顾，心中无限惆怅
眼前收割结束的田野
唯有一片暮色苍茫

踏向远方的广袤平原
笼罩一层秋夜的面纱
在微红的天际勾勒出
稀疏的光线和萧瑟的树影

四周寂静无声
一股无名忧愁袭上心头
是投宿之处太远
还是因为漆黑的田地

或许是因为秋天的降临
带来了一种气息——
乡村里静默无声的愁思
原野上渺无人迹的孤寂

祖国

灰色的云层越压越低
冬日的天空黯淡无光
绵延的松林一望无际
寂寥的世界渺无人烟

唯有灰白的淡淡雾气
缭绕远处的苍茫积雪
似悲哀中泛起的温情
黄昏被涂上一抹柔和

写给聪明的人

迎头痛击疯狂的敌人
如旋风扫过帐篷
他是英雄，他已战死
在激烈的搏斗中燃烧殆尽
恰似一颗陨星光华四射

胆小鬼仍然活着，他想复仇
便在暗中磨砺镖枪
他很聪明，复仇之火正在心头点燃
恰似灰烬中残存的一星火光

无名无姓

掘开坟墓
他躺在厚重的石棺里
像个熟睡的战士
手中紧握铁剑
有声的语言唱着无声的歌曲
赞颂着无名无姓的他

头盔遮住面庞
令人难以看清
披甲锈迹斑斑
战袍破碎不堪
当年，他是战士，是领袖
但死神偷走了他的姓名

加夫列拉·米斯特拉尔

（1889～1957）

智利女诗人，1945年获诺贝尔文学奖

获奖理由："由于她富有强烈感情的诗歌，她的名字成为拉丁美洲理想的象征。"

给星星的诺言

星星眨着小眼睛
缀在黑丝绒上一闪一闪
你们高高在上
——看我可纯真

星星眨着小眼睛
镶在夜空中一闪一闪
你们高高在上
——看我可善良

星星眨着小眼睛
睫毛眨个不停
你们为什么有丰富的色彩
——有红色、蓝色，还有紫色

好奇的小眼睛
整夜眨着不肯睡
琥珀色的黎明
——为什么要偷走你们

星星的小眼睛
洒下泪滴或晨露
你们在天上瑟瑟颤抖
——是不是因为寒冷

星星的小眼睛
我向你们许诺
只要你们瞅着我
我永远、永远纯真

我唱你一向爱听的歌

我唱你一向爱听的歌，我的生命
也许你会前来倾听，我的生命
也许你会记起曾经生活过的地方
我在傍晚时歌唱，我的心影

我不愿意沉默，我的生命
没有我的歌声，你怎能把我寻找
你有什么信号能够导航，我的生命

我和往日一样属于你，我的生命
没有冷漠，没有遗忘，没有迷茫
黄昏时到我身边吧，我的生命
慢慢地回想一首歌，我的生命
看你能不能记起这首听过的歌
是不是能记起我的名字

我等着你，超越时间之外
你别怕黑夜，大雾或暴雨
到我身边来吧，不管路在哪里

从你所在的地方召唤我，我的生命
一直到我这里，我的伴侣

三棵树

三棵伐倒的树
丢弃在路边
伐木人已经忘记
它们亲密地挤在一起私语，像三条盲汉
夕阳的余光
为树干涂上一层血色
只有风儿
带着它们伤口的芬芳飘散
扭曲的那一棵
把粗大的树枝和颤抖的叶片
探向身边的同伴
两个伤口像一双眼睛，充溢着哀怨
伐木人已经忘记，黑夜就要到来
我愿意与它们相守
用胸膛贴近柔软的树脂
树脂像火一样把我燃烧
天亮时我们会悄无声息
被一片离别的痛苦笼罩

忧虑

我可不希望
女儿变成燕子
她会在天空翔舞
不再回到我的身边
她将在屋檐下筑巢
我不再能为她扎小辫
我可不希望
女儿变成燕子

我可不希望
女儿变成公主
她穿上金色的小鞋子
还怎么在草地上玩耍奔逐
晚上来临时
她也不能睡在我的身边
我可不希望
女儿变成公主

我更不希望

女儿成为女王
她登上的宝座
是我不能抵达的地方
到了晚上
我再也不能把她轻轻摇晃
我可不希望
女儿成为女王

消逝

我的身体要一点一点离开你
我的脸孔要甩尽厚重的油彩
我的双手要化为淋漓的水银
我的双脚要变为尘土
一切都要离开你
一切都要离开我们

我的声音要走了
它曾是提醒你的钟
在你冷冷的视线中
我将不再表情紧张
我的目光要离开你
当它注视你的时候
会献上刺柏与榆树
我要带着你的气息离开
像是你身体里散发的湿气
我要带着失眠和梦幻离开
永远消失于你的记忆

在你的记忆中，我与众人无异
不会在平原里诞生，不会在丛林中诞生
我甘愿化为血液
在你劳作的双手和甜蜜的口中轻轻流动
我甘愿化为你的脏器
在你孤独的脚步声和犹如大海的癫狂中恣意焚烧
恣意回荡于黑夜的激情
一切都要离开
一切都要离开我们

秋

凋零的白杨树带来了阵阵萧瑟
说不定在什么时候
那枯黄的叶子会盖满我的胸前

未近黄昏，阳光便躲在树后悄悄熄灭
我在真诚地乞求，不要那么耀眼

为了拯救自己，我曾把手臂伸向爱人
他在我心中已经死去，如同天边疲惫的霞彩

我给世间万物带来了迟缓的萧瑟
我的肉体颤抖如一个胆怯的孩子

现在，我像一滴水珠悄然消失于白杨树下
是并不严酷的秋天在自救，用我的双手

我的鬓角飘散着落叶的芬芳
也许我会死去，踩着枯叶进入萧萧林间

寒夜即将来临，我仍然孤单
大地苍白，残花碎叶蒙上白霜

我想归去，却无力起身
无力在落叶上掘一座坟

茫然无措中，谁听见嘤嘤的哭泣
上苍啊，我竟落得如此悲凉

鸽子

一个烦闷的午后，我在午睡
小屋顶棚留下鸽子的爪印
还带来了贝壳和沙粒

白色的小屋，坚实的房间
病人在屋顶下哭泣
人们听不到鸽爪的索索声

我举起一支麦穗轻轻呼唤
像母亲呼唤孩子
身上立刻落下了鸽子

它们在争食，咕咕地叫
我捧起三只鸽子
直到一只只飞去
只剩下最后一只

不想听见人们的呼唤
不想进入沉闷的小屋

只有裙边的鸽子才是最好的安慰

哦——鸽子，鸽子

小工人

妈妈，等我长大成人
嘿，你看吧，我会成为一个壮汉
抬起双臂就能将你举起
好像风儿吹过麦田

你曾为我缝制襁褓
我要为你筑起房屋
如果我能铸造钢梁
保准会固若金汤

你的孩子，是大力士泰坦
为你建起的房屋多么漂亮
屋檐下的阴凉
也会让你心驰神往

我要为你种植一片果园
累累果实香气扑面
把它们挂满你的裙子
花一样美丽，蜜一样香甜

也许，最好能为你织一面壁毯
织出美丽的郁金香
或者凿一对磨盘
我一边为你歌唱，一边为你磨面

啊，你的男子汉多么快活
不管是在炼铁炉边，还是守着磨盘
不管是在海上，还是在干着杂活
我都在高声歌唱

我的双手
将推开一扇扇窗户
收获一捆捆庄稼
让你数都数不过来
（你曾用红色粉笔
教我学习知识——
在你的歌声里
给予我整个山谷和海洋）

啊，你的孩子多么能干
他将把你放在
麦浪之间
草垛之上

默爱

如果我恨你
我会直截了当地说明
可是我爱你——
我不相信这含糊的词语
愿它能化为一声呼唤
从心底喷涌而出
可是未等冲出胸膛和喉咙
炽热的气流早已奄奄一息
我原是一座水意充盈的池塘
在你眼里却是一处干涸的泉眼
这都是由于痛苦的沉默
——沉默的残暴胜过了死亡

空气

有时露面，有时消失
这就是空气

别看他没有嘴
却能抱着你，吻着你
像亲爱的父亲
我们穿过了他，却又未能穿过
他好像受了伤，却又毫无怨言
也许是想把什么都裹起来带走吧
也许是想把什么都完整地留下吧
这就是空气

色彩的旋律

疯狂的蓝，疯狂的绿
亚麻疯狂地生长吐香
华丽的湛蓝
犹如连绵的海浪

蓝色褪去的时候
绿色层层堆涌
苜蓿的绿，橄榄的绿
还有恣意的柠檬绿

何其美丽
色彩何其奇妙

柔和的红，明艳的红
——玫瑰和石竹双双怒放
绿色败退的时候
红色擂鼓登场

他们先后跳起舞蹈

说不上谁跳得最好
红色热烈地摇摆
像要把自己燃烧殆尽

何其疯狂
色彩何其奇妙

黄色接踵而来
仪表堂堂，庄严显赫
众人为他们让路
似乎在迎接阿伽门农

万千娇媚，天上人间
仪态翩翩，锦绣辉煌
金色的果实芬芳四溢
番红花在空中飘扬

何其陶醉
色彩何其奇妙

他们追随孔雀一样的太阳
最后一个个全都走光
太阳仿佛父母或者小偷
把他们全都带走

本与我们相聚一堂
现在截然不同
说书人一旦死去
世间便没有故事再讲

云

朦胧如水汽
轻盈如绢纱
云啊，带着我的心
浮上蓝天吧

远离那
看着我受苦受难的房屋
远离那
看着我生不如死的四壁

翩翩而过的云
带着我去海边吧
去听涨潮唱出的歌
去和浪花一起游戏

云、花朵、脸庞
描绘出被时光抹去的他
如果失去他的脸庞
我的心就要枯萎

翩翩而过的云
请停留在我的心间
留下片刻的恩惠
我干渴的唇正期待你的润泽

徐雨

怯懦而凄凉的雨
犹如病弱的孩子
未曾到达土地
便倏然昏厥

风不吹，树不摇
寂寥中唯有细小的泪珠
在缓缓滴落
天空仿佛一颗心
沉浸于无边的伤痛中
那不是雨啊，是连绵的血

房间里的人
没有感觉到这悲凉与苦楚
没有体会到这浸透鲜血的痛

从天而降的冰凉的雨
淋淋漓漓无穷无尽
最终落入大地之心

雨啊，黑夜在山间窥视
仿佛一出悲剧故事里的狼
落入大地的阴暗中
你该如何显现

层层的雨有气无力
好像已经濒临死亡
这致命的雨啊
难道你们还在沉睡

羞怯

如果你看着我
我会变得更美丽
就像草叶上滚动晶莹的露珠

河水缓缓退去
高高的芦苇不再认得我焕发的容颜
我羞怯
因为凄凉的嘴巴、粗哑的嗓音
还有笨拙的膝头

如今你看着我，走近我
我羞怯
在赤裸地摸索着
你在路边捡到的哪一块石头
都比不上这个捡起来的女人

在晨曦的微光下
我全身赤裸
因为你看见了她

听到了她的歌声
我要保持沉默
不让经过原野的人知道我的幸福
我要保持沉默
遮蔽额头的层层光辉
抑制指尖的微微战栗

夜深了
露珠滚落草叶
久久地看着我，温柔地说
愿明天河水退下时
你亲吻的她美不胜收

子夜

子夜真美啊
我听见玫瑰树的枝干里
浓浓汁液正在涌向花苞

我听见虎在阵阵低吼
那鲜艳的斑纹让它无法入睡

我听见诗人的华章
在黑夜里像沙丘一样生长

我听见母亲在沉睡
呼吸着双重气息
（哦，我在她的身体里睡了五个月）

我听见罗纳河带着我向下流
像被蒙住双眼的父亲
盲目地向下流

赫尔曼·黑塞

（1877～1962）

德国作家，1946年获诺贝尔文学奖

获奖理由：表彰“他那些灵思盎然的作品——它们一方面具有高度的创意和深刻的洞见，另一方面象征古典的人道理想与高尚的风格”。

文学的盛宴
语言的狂欢

夜宿旅店

多么奇异的陌生景象
一股清冽的泉水在流淌
穿梭在槭树的绿荫下
在夜色里，流着流着，流向远方

暗香幽幽浮动
月影轻轻移动
一片片轻云
在凄冷夜空里，飘着飘着，飘向远方

夜色深沉，寂然无声
异乡人投宿在旅店
前方的路漫长遥远
谁会想起这流浪的人

也许在多年以后
梦里又会听到这清泉的声音
看见这旅店的门和墙
并把它们的前世今生追寻

投宿在异乡的旅店
弥漫着流离的忧伤
虽然只是短暂的睡梦
却好似回到了故乡

多么奇异的陌生景象
一股清冽的泉水在流淌
穿梭在槭树的绿荫下
在夜色里，流着流着，流向远方

中国的诗翁

月光透过云层的空隙
辉映着青竹的梢尖
波光潋滟的水面
倒映着古桥的影姿

景色幽雅，令人心怡
夜色苍茫，万物勃发
景色如梦，笔下传神
别说明月不等人

桑树下醉倚一位诗翁
他把酒临风，挥毫泼墨
描绘着迷人的夜色
舞动的清影和月光的柔情

月华如银，云流似水
在诗翁的眼前浮动
在诗翁的笔下重生
转眼即逝的美好景致
被赋予了深情
被赋予了灵魂和生命

这一晚的夜色
千古一刻，刹那永恒

写在沙上

世间所有美好的事物
都是一片雾，一阵雪
珍贵可爱的东西
都无法永存
无论云朵、花朵与肥皂泡
无论焰火与孩子的欢笑
无论镜中的花容月貌
还有其他事物的各种美妙
它们刚刚出现，就已经消失
生命只有短短的一瞬
仅仅是一丝芳香，一丝微风
——明白了这一切，我们是多么忧伤

世间所有恒久的事物
我们却并不珍爱
冷光闪耀的宝石
灿烂橙黄的金条
就算璀璨的繁星
遥远而沉寂地悬挂天穹

我们这些过客无法与之相比
它们也不会进入我们的内心

不，我们的内心所爱
是将要凋零的事物
甚至已经濒临灭亡
我们最珍爱的
莫过于美妙的音乐
刚一出现，就转瞬即逝
似风吹，似水流，似野兽在奔逐
又裹挟着淡淡的忧伤
它不能停留，哪怕是片刻的休止
一声跟着一声，刚一出现
就转瞬即逝，就已消失

我们的心就是这样
热爱流动，热爱消逝，热爱生命
爱得宽广忠诚
绝不爱僵死的事物
那不变的岩石、星空和珍宝
我们不久就会烦厌
风和肥皂泡的灵性
让我们永远追逐、变化
它们与时间结合，一刻不停

玫瑰花瓣上滚动的露珠
小鸟的欢快
云彩的消散
闪光的白雪、彩虹
翩然飞去的蝴蝶
一阵清脆如铃的笑声
所有一闪即逝的东西
才能让我们体会欢乐或痛苦

我们爱着和我们相同的事物
我们认识风在沙上写的字迹

白云

噢，看哪
那轻盈的白云
像是被人遗忘的悠然乐曲
在蓝色的天空中飘游

在人生的漫漫旅途中
谁若没有体会过苦与乐
谁就不能理解
这悠然轻舞的白云

就像太阳、大海和轻风
我喜欢这一片片白云
它是陪伴游子的
兄弟和天神

秋雨

哦，细雨，秋天的细雨
灰意迷蒙，轻纱般笼罩山峦
最后一片叶子也败落凋零
透过水汽氤氲的窗子
病弱的一年正将辞行
你穿着湿透的外套，打着寒战
离开家门。在树林边缘
蝾螈和蟾蜍像个醉汉
歪歪斜斜爬出枯黄的落叶
细雨连连绵绵无穷无尽
匆忙地流下道路，流淌不息
在无花果树边的草地里
聚成一片小小的水塘
从山谷一座教堂的塔尖
传来钟声，迟疑而疲惫
村里在安葬一个人
丧钟在为他而鸣

你一定觉得悲伤，亲爱的

不是因为逝去的那个人
不是眷恋夏日的美好
更不是为了青春的明媚
一切都将永存在回忆中
永存在语言、绘画和歌曲中
随时准备为归来而举行庆典
那时，一切都将焕然一新，光芒闪耀
你每一秒钟都愿意奉献、变化
信仰的花蕾
正在你的心中快活盛放

一切死亡

一切死亡我都经历过
一切死亡我都愿意再去经历
经历树中木头之死
经历山中石头之死
经历土壤中泥沙之死
经历夏草中花叶之死
经历人类中鲜血淋漓之死

我要从花中生出来
我要从草木中生出来
我要从鱼和小鹿、鸟和蝴蝶
从每个形象中生出来
那渴望会拽着我登上阶梯
升向最终的悲苦
就是人的悲苦

绷紧的弓
渴望强健的手
将生命的两极

弯曲到一起
你会驱赶我经历死亡和诞生吗
这是一段充满痛苦的轨迹
这是一段美妙的轨迹

阶段

鲜花必会凋零，青春必会苍老
生命的每个阶段都会流光溢彩
每一智慧、每一德行也会光芒四射
只是，她们不能永远存在
我们的心，必须听从生命的召唤
时刻准备着新旧更迭
不要悲伤，去勇敢地奉献自己
为了另一个崭新的世界
每一个开端都拥有强大的魔力
它将保护我们，指引我们向前奔行
痛快地穿越一个又一个世界
绝不羁绊于哪个国家的边界
世界精神不会让人身心受缚
它必会鼓舞我们勇往直前
当生活安宁舒适
意志将会松懈下来
只有时刻准备踏上征程的人
才能摆脱惫懒之性
在我们临终之时

也许还会被送进另一个全新的世界
生活的召唤啊无穷无尽……
来吧，来吧，我的心
来一次快乐的告别吧
告别往日的时空，往日的梦

美好的世界

不管是年轻还是年老
我总是能感觉到
黑夜里有一座山
阳台上有一个沉默的姑娘
月光下有一条泛白的路
她从我的身体里夺走了恐惧之心
火热的世界啊
阳台上的姑娘啊
山谷里吠叫的狗
还有渐行渐远的火车
你们经常出现在我的甜蜜梦境里
尽管你们在撒谎
尽管你们将我骗得伤透了心
我想踏上通往现实的可怕道路
那是官吏、法律、金钱、美色主宰的地方
可我又在孤独地逃亡
从逃亡中获得心灵的解放
真想返回那场幻梦
返回那幸福如清泉喷涌的地方

黑夜里，丛林间卷过闷热的风
有黝黑的吉人赛女人
有愚蠢而无望的眷恋
有诗人的芬芳世界
一道闪电劈过，我全身震颤
是你的声音在呼唤吗
我情愿沉醉于这美好的世界
永不醒来

瞬

我的生命之树落下片片树叶
令人眼花缭乱的世界啊
你真是丰富多彩
有人劳苦一生
有人尽情欢乐
别看今日花团锦簇
不久即将烟消云散
风会呜咽着卷过我的坟墓
母亲向婴儿俯下身躯
真想再看到她的眼睛
那双目光就是我的星星
一切任其过往，任其遗忘
万物皆在死亡，皆在沉沦
唯有永恒的母亲与天地长存
她用灵活的手指
在这变幻的世界里写下我的名字

托马斯·斯特恩斯·艾略特

（1888～1965）

英国诗人、剧作家、文学批评家，1948年获诺贝尔文学奖

获奖理由：表彰“他对当代诗歌做出的卓越贡献和所起的先锋作用”。

空心人

我们是空心人
我们是稻草人
彼此依靠
头脑中塞满稻草。唉
当我们悄悄耳语的时候
我们声音干涩
没有起伏，没有意义
犹如风吹过枯草
犹如老鼠匍匐在地窖的碎玻璃上

有声无形，有影无色
虚软的力量，随意的姿势

那些越过界线
目光笔直，进入死亡国度的人
记得我们——如果稍微记得的话——不是
作为迷失的狂暴灵魂，而仅仅是
作为空心人
作为稻草人

给我妻子的献辞

这是你的——那跳跃的快乐
它让我们醒来时的感觉更加清晰
那优美的韵律，统治我们睡着时的安宁
合而为一的呼吸

散发着各自气息的躯体
无须语言就有同样的思想
无须意义就能说出同样的话语

再无情的凛冽寒风也不能冻僵
再炎热的赤道烈日也不能晒死
那是我们的，只属于我们的玫瑰

但这献辞是为了让别人来读的
这是公开地向你说的我的体己话

我最后一次看到的充满泪水的眼睛

我最后一次看到的充满泪水的眼睛
越过了分界线
这里，在死亡的梦幻国度
金色幻象叠现其中
我看到眼睛，但没有看到泪水
这是我的苦难

这是我的苦难
我再也看不到眼睛
看不到那双坚毅的眼睛
除了在死亡国度的门口
我再也看不到的眼睛
那里，就如在这里
眼睛的生命力更长
比泪水的生命力更长
眼睛一直在嘲笑我们

歌

白月光菊绽开花瓣，向飞蛾
薄雾从海面缓缓地爬行而来
一只白色大鸟，羽色似雪的海雕
从白桤树梢滑行而下

爱啊，你手心的花朵，
比海面上的薄雾更纯白
莫非你没有炽烈的热带花朵
一朵紫色的生命——给我

写给一只波斯猫

演唱家们走向
罗素广场的草坪
树荫下没什么好东西
给毛茸茸的胸膛，沉闷的头脑
涌动的欲望，敏锐的眼睛
只有陷于悲伤才能得到安慰
噢，什么时候心脏的嘎吱声停止
什么时候破椅子能让人舒适
什么时候夏天能晚些来
什么时候时间能消失

弗吉尼亚

红河，红河
缓缓流淌的热，缄默无言
没有意志怎能像河流一样平静
莫非热只在曾经听过的
反舌鸟的叫声中流动？宁静的山岭
等待着。大门
等待着。紫色的树和白色的树
等待着，等待着
延宕着，衰败着。生存着，生存着
从不运动。永远运动的
铁的思想和我一起来临
又和我一起消失
红河，红河

大风夜狂想曲

十二点
随着溶溶月光的弥漫
街道的蜿蜒
低低的月夜的私语
销蚀了记忆的地面
和它一切清晰的联系
以及它的间隔和度数
我经过的每一盏路灯
都像一面面虔诚的鼓，不停地敲
在漆黑的空间
午夜颤抖着记忆
好像疯子抖动一棵死去的天竺葵

一点半
路灯噼噼发响
路灯咕咕唧唧
“瞧瞧这位女士，
她迟疑地走向你，借着门内的微光，
光宛如微笑向她绽放。

瞧瞧这位女士的裙子，
镶边被撕碎，沾满沙土，
再瞧瞧女士的眼角，
拧起的眼角仿佛扭曲的针。”

记忆把各种扭曲变形的事物
抛起再晾晒
沙滩上搁浅的一根弯曲的树枝
已被海水冲洗得非常光滑
好像世界吐出了
骷髅一样的秘密
硬且白
工厂院里横着一根破弹簧
铁锈爬上了弯曲的外形
脆硬，卷起，每一刻都可能折断

两点半
路灯说：
“瞧一瞧仰躺在阴沟里的那只猫，
猫伸出舌头，
吞下一口腥臭的黄油。”
一个小孩不自觉地伸出手
将滚动在码头的小东西装进口袋
在孩子的眼睛后面，我一无所见

在这条街上，我看到过
一些想要透过百叶窗的眼睛，
以及整个下午趴在小坑里的蟹子
和一只背着藤壶的老蟹子
钳住我伸过去的一根小木棍

三点半
路灯在噼啪乱响
路灯在嘀嘀唧唧
路灯在哼哼吟唱——
“看那轮月亮，
从来不会记恨，
只眨着温柔的眼睛，
让微笑充满每个角落。
她抚平青草一样杂乱的头发，
她已失去了记忆。
淡淡的天花痕迹摧毁了她的容颜，
她手里拿着一朵纸玫瑰，
玫瑰散发着尘土和酒的味道，
她孤独一人，
尽管脑中一遍遍回放着
陈旧的小夜曲的韵味。”
记忆，不见阳光的干枯天竺葵
小小裂缝中的灰尘

街上栗子的香味
百叶窗里女人的臭味
走廊上烟卷的气味
酒吧里鸡尾酒的气息
——所有的记忆全都回来了

路灯说——
“四点，
这就是门上的号码。
记忆！
你有了这把钥匙，
小灯在楼梯上投下一束光。
上去吧。
床已铺好，牙刷插在墙上，
把鞋子放在门口，睡吧，准备生活。”

刀子最后扭了一下

玛丽娜

这是什么地方？是世界的什么角落
是哪些海洋，哪些海岸，哪些礁石，哪些岛屿
还有哪些海水在拍打着船舷
松林的波涛和画眉的歌声穿过了浓雾
是哪些意象在轻轻回旋
哦，我的女儿
磨尖狗牙的人意味着死亡
与蜂鸟一起闪耀的人意味着死亡
坐在猪圈里的人意味着死亡
享受动物狂欢的人意味着死亡
一阵风吹过，他们变得轻如鸿毛
松涛、浓雾和画眉的歌声
正弥漫融化在空间
这张脸是什么，更模糊还是更清楚
腕部的脉搏在跳动，更虚弱还是更强壮
似乎比星星更远，比眼睛更近
低语声和轻笑声
在树叶里和脚步声中渐渐消失
那是海浪与海浪相遇的地方

船上的斜桅因结冰而断裂
油漆因过热而剥落
我本已忘却的航程，现在又记起
索具是脆弱的，船帆是破烂的
在某个六月和某个九月之间
我有了一次无人知道的航程
船板在漏水，船缝需要堵塞
这张脸庞，这种生活
是为了让我生活在另一个世界
让我摒弃我的生活，摒弃我的说辞
苏醒了，嘴半张着，新船带来新的希望
哪些海洋，哪些海岸，哪些花岗岩，哪些岛屿
正向着我的船骨
透过浓雾，能看到画眉鸟正在啼鸣
哦，我的女儿

忧郁

思想家说
空间和时间其实是不存在的东西
苍蝇仅仅活了一天
和人类活过一生也并无两样
就让我们活着吧
只要我们还能活着
只要能够自在生活，自由相爱
时间就是时间
时间在奔向远方
哪管思想家们大惊小怪

当露水在藤蔓上颤抖
我送你的鲜花已经枯萎
野蜂还没有飞走
想偷偷吮吸夜里的玫瑰
快点吧，快点采摘新的花朵
这样即便花朵凋零也不会潸然泪下
生活中的花朵少之又少
就让它们快乐绽放吧

胡安·拉蒙·希梅内斯

（1881～1958）

西班牙诗人，1956年获诺贝尔文学奖

获奖理由：表彰“他的西班牙抒情诗为高尚情操和艺术纯洁提供了杰出范例”。

文学的盛宴
语言的狂欢

没有人

没有人，是水声。
——没有人?
水是“没有人”吗?
——真的吗?
没有人，是花儿。
——没有人?
莫非，花儿是“没有人”？

没有人，是风声。
——没有人?
风是“没有人”吗?
——真的吗?
没有人，是幻觉。
——没有人?
难道，幻觉是“没有人”？

我的心像一条无尽的路

我认出了你，因为看见了
你留在路上的脚印
我那被践踏的心痛不可忍

我疯狂地奔跑，疯狂寻找
像一条丧家之犬

……你已离去！仓皇逃离时
你的脚践踏我的心
我的心就是一条坦荡大路
一直送你，再无回转的希望

我不知道

我知道应该怎样
才能从今天的岸上
跳到明天的岸上
滔滔河流裹挟着
今日下午的光阴
不息地流向远方的大海

我面向东方和西方
我望着南方和北方
看到泥金色的现实
昨天还缭绕我的心
现在却像天空一样
支离破碎，迷茫缥缈
……我知道应该怎样
才能从今天的岸上
跳到明天的岸上

我不再归去

我不再归去
清朗夜晚一片清寂微凉
凄清的月光下
世界早已睡去

我的躯体已经不在那里
清凉的风
从窗外进来探访
询问我的魂魄飘向何方

我久已不在这里
不知是否还会有人想起
也许在柔情和泪水中
会有人想起我的往昔

但是，还会有鲜花和星光
叹息和希望
和街头大树下
恋人的欢声蜜语

还会有美妙的琴声
这是静夜里常有的情景
但在我住过的窗前
再也不会有人默默倾听

最后的旅途

我就要走了。留下的小鸟
依然在啼鸣
还留下了果园、绿林
白色的水井

每一个下午，天空都将湛蓝宁静
就像每个下午都要敲钟一样
钟楼上还会传来
阵阵长音

那些爱过我的人将会死去
村庄的模样将会变化
在粉刷过的果园角落里
我这思乡的幽灵将在那里徘徊

我就要走了，孤独上路
没有果园、绿树，没有白色的水井
没有湛蓝宁静的天空
只有那小鸟仍然啼鸣

我不想再看到天上的星星

我不想再看到天空的繁星
遂垂下了眼睑
但星星却钻入我的眼底
宛如——我感觉——雪一样晶莹

而那雪花原本是晚香玉——
泪珠，纯洁无瑕，消融之后
喷涌到我的心底

我忍不住失声痛哭
向黑暗的世界流泻纯洁和温香
以及化为清水的冷冷繁星

黎明

太阳染上蜂蜜般的金黄
田野铺上鲜嫩的葱绿
有山丘与平原，有石块与葡萄园
微风吹来清新的空气
蓝色的花探出篱笆
远处空寂无人，或者尚未来人
云雀扑扇着沾有水珠的翅膀
翩飞于辽阔的耕地
这里，那里，寂寥开阔又无人无声
一座村庄映入灿烂的红光

冬日

走在冷漠的旷野里
雾气朦朦胧胧
世界上好像只有我们俩
周围静谧无声

太阳突然绽放光芒
从云隙间透射下来
它为我们照亮了一切
多么明亮，多么急促
宛如黑暗中聚起了无数光芒

躏藤

你像长长枝蔓上的花从天而降
那芬芳多么醉人，多么遥远
宛如我从远方带来
你埋在地下最深的枝条里
有我的吻

理想的海
是一座灯塔，宛如孩子的召唤
它像上帝
对我们来说，却可望而不可即
多么遥远呀
它点燃灯火
不是为了遏制狂怒的大海
倒像是为了预示种种凶兆

绿色的鸟

我飞来了
把哭泣留下了
在海的那边
我曾哭泣

我飞来了
对你们毫无用处
因为我的心
仍然留在那里

我飞来了
不要与我称兄道弟
因为我的心
仍在那里哭泣

我知道小鸟从何处飞来

整整一夜
小鸟在向我歌唱
唱出它们的颜色

不是唱它们的翅膀
在朝阳的清凉中
映现的颜色

不是唱它们的胸脯
在夕阳的余晖中
染上的颜色

不是唱它们的嘴
像花草树木一样
在夜里熄灭的颜色

那是别致的颜色
是人间不存在的原始乐园
花、鸟却对这乐园无比熟悉

花啊，鸟啊
在芳香中盘旋飞舞
似要飞遍全世界

那是别致的颜色
是出现在人们梦中的
不变乐园

整整一夜
小鸟在向我歌唱
唱出它们的颜色

那是别致的颜色
来自另一个世界的它们
到了夜间才能亮出来

有些颜色
我却在醒时见过
也分明知道它们的存在

我知道小鸟
从何处飞来
向着我夜夜歌唱

我知道它们从何处
穿越风浪飞过来
向着我唱出我的颜色

明澈的溪流

明澈的溪流，妩媚宁静
清幽的峡谷，别有清美
两岸，有白杨树，绿柳树

在幻想般的峡谷里
心脏有力地跳动
犹如睡梦中听到美妙的曲子
还有笛音轻轻伴着歌声

柳枝好似恹恹欲睡
垂挂于平静的水面
亲吻着明澈的溪流
天空温和而宁静
穹窿无边，蜉蝣飞舞
淡淡的薄雾升起
轻柔地拂过水波和绿影

我在梦里看见——
迷离的溪岸，清幽的峡谷

我的心飞至静谧的浅滩
想要登船而下

可是刚刚踏上山路
我的热泪便奔涌而出
不知道是哪位歌手
在峡谷对面唱起了古老的歌谣

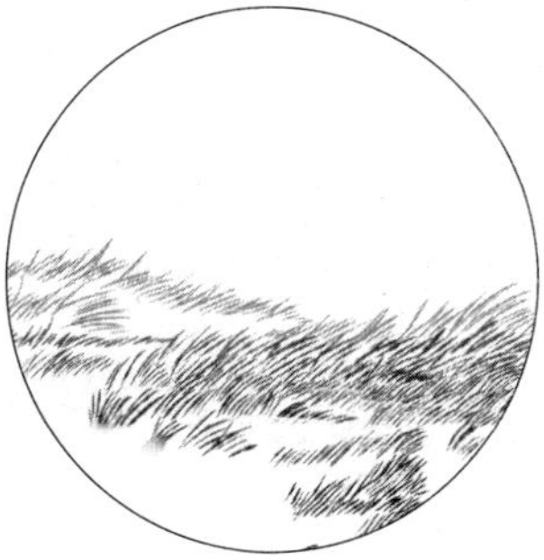

谁能了解时光背后的东西

清晨的曙光被高山遮蔽了多少次
壮丽的彩霞又多少次孕育了迅雷
玫瑰里含着剧毒
利剑却是生命的武器

曾想在路的尽头
寻找开满鲜花的原野
结果却陷入沼泽的泥污

我梦想求得人间的荣耀
最后在天国赢得了一席之地

白杨

小鸟在上方啼鸣
流水在下方歌唱
一上一下
我的心变得无比明亮
在两种曲调之间
你化身为一根银柱
绿叶、小鸟与星辰
枝头、树根与河流
在两种动荡之间
你化身为一根银柱
可是你知道吗
你的树干撑在我的心间
颤动的音符摇撼着星辰
潋滟的水波冲荡着枝头
一上一下
抚慰着我深处的寂寞

春

——致某位女士

玫瑰弥散着芬芳的香气
星星闪烁着灿烂的光芒
夜莺在深情地啼鸣
歌唱这美妙的夜色
那香气伤害了我的身体
那星光令我的前额变得更幽暗
只有夜莺的清脆啼鸣
让我想起坎坷的命运而热泪盈眶
这不是往日的惆怅
它阵阵侵袭着我的心房
却涌起比蜂蜜还甜的滋味
愿你能让玫瑰绽放我的欢畅
让星星洋溢我的诗情
让夜莺的歌声润泽我的心野

鲍里斯·列昂尼多维奇·帕斯捷尔纳克

（1890～1960）

苏联诗人、小说家，1958年获诺贝尔文学奖

获奖理由：表彰他“在当代抒情诗和俄国的史诗传统上获得的重大成就”。

二月

二月。一碰墨水就会哭泣
当扑哧扑哧的泥水
泛起黑色的春光
我尚未提笔已开始流泪

花点钱雇一辆马车
听着祈祷钟声和车轮声
到田野上去，田野上
暴雨比墨水和泪水更猛烈

数不清的秃嘴乌鸦
仿佛晒黑的梨子从树上落下
掉在一连串的水洼里
景象凄凉而忧伤

解冻的地方昏黑阴暗
风的声音狂野凄厉
诗句越是出其不意
越能真实地表现悲怆

雨燕

黄昏时的雨燕
抑制不住内心的欢乐
欢乐冲出明亮的胸膛
在空气里四散回荡

雨燕在天空纵横飞翔
婉转的歌声恣意飞扬
啊，雨燕，多么得意
看吧，连大地都要逃避

滚滚云朵飘散而去
犹如锅中翻卷着沸水
看吧，从峡谷到天边
大地都没有歇脚的地方

雷雨刹那永恒

夏天就这样辞别了
走到半路，摘下帽子
拍摄出一百张炫目的照片
记录下夏夜的滚滚惊雷
丁香花穗被冻坏了
这时候，雷，摘下一怀抱的
闪电——从田野里摘来
以便给夜做灯
暴雨倾泻，扑向篱笆
好像黑笔画出无数线条
暴虐的波浪
溢过大楼的屋顶
这一刻，“意识崩溃”近在眼前
那些理性的角落里
那些明白如昼的地方
也面临如梦初醒的光亮

雪地上的脚印

田野倾斜地面向晚霞
姑娘们的足迹步步延伸
那一双双毡靴压出的印痕
从一个村子通向另一个村子
孩子依偎在母亲的怀里
太阳的光线俨然柠檬汁
流淌进水洼和小坑
再冻进冰层
它在凝结，有如汁液
从破裂的蛋壳里滴漏
滑雪板的蓝色线条
把它切断在小路
月亮轻轻移动，恰似一片奶油薄饼
一直向路边滚落
雪橇在它后面紧紧追赶
但始终捉不住这块圆薄饼

三月

太阳冒着热气，累得大汗淋漓
峡谷狂呼乱啸，好像着了魔
春天要干的活儿太多啦
好像女饲养员忙得团团转
没有血液的雪，奄奄一息
树枝露出斑斑驳驳的青皮
枝丫却向上伸展出蓬勃的生命力
牛棚里泛起勃勃生机
这样的夜啊，这样的白昼与黑夜
正午融化的雪水滴滴答答
倒悬屋檐的冰溜越来越细
一夜未睡的溪水絮叨不停
马厩和牛棚敞开了圈门
白鸽在残雪上捡食麦粒
万物复苏，都是因为
清新的空气中飘来粪肥的气息

雄鸡

整夜，流水不停地忙碌
刷刷的雨好似油锅沸腾
淡紫色的屋檐下冒出热气
大地如同汤盆一样热气缭绕

雄鸡一声啼鸣，众鸡齐声而应
我听到的时候是多么震惊
小草什么时候颤动羽翼，跳将出来
向露珠描述我的惊恐

按照名字依次抚过岁月
按照顺序依次唤醒黑夜
雄鸡开始向世界预报爱情
向雨天和大地预报世间变化

春

春。我打外面回来，外面白杨惊愕
原野恐慌，房屋害怕摔倒
外边空气气色发青
正如病人出院时挎着一包内衣

外边黄昏缥缈，犹似故事的断章
再无下文，被一颗星高高悬起
令千万双热烈的眼睛陷入困惑——
千万双眼睛失神，犹似井失去了底

又是春光明媚

火车渐远渐远，四处隐入黑暗
我该如何寻找道路
仅仅离开了几个昼夜
就已无法辨认方向
隆隆声归于沉寂
脑子里倏地蹦出奇怪的想法
絮絮叨叨，杂乱无章
到底是什么东西

好像在哪里听过
去年就曾听过的河流声
大概是一条溪流
昨夜重新跑出了树林
这和往年一样啊
池塘里冰块融化，水位高涨
这是新的奇迹
像以前一样，又是一片春光

是春天，是春天来了

她的神奇和魅力
藏在柳树后的棉衣里、围巾里
还有肩膀上、脊背上、身姿上
雪姑娘站在悬崖边
变成一个唠叨的疯女人
正从峡谷深处发出
一阵阵急促的呓语

在春天的面前
湍流淹没一切障碍奔涌向前
悬垂而挂的瀑布
在峭壁上发出沉重的轰鸣
这一道冰冷的水流
打着寒战流进池塘里
最后又流入各种容器
春汛啊，这是春汛的声音

雨霁

湖面如一只明净的瓷盘
湖的彼岸簇拥着硕大的云团
那一堆堆白云
原来是冷峻的冰川

阳光明暗变幻
树林也在调整色彩
忽而染上火烧般通透的红
忽而蒙上烟尘般阴郁的灰

阴雨绵绵的日子快要结束了
云雾中呈现出明亮的蓝
晴空躲在云层后是多么高兴
花草树木的心里又多么欢乐

风吹远了云层
太阳慷慨地绽放光芒
绿叶晶莹欲滴
像画在有色玻璃上的写生画

踏上辽阔的大地
恍若走进教堂里
透过窗户能听到什么
唱着赞美诗的袅袅余音

自然、世界和宇宙
感谢你降临的福祉
源于心灵深处的震颤
让幸福的泪珠滚滚而出

萨瓦多尔·夸西莫多

（1901～1968）

意大利诗人，1959年获诺贝尔文学奖

获奖理由："由于他的诗作以古典风格表达了这个时代中生命的悲剧性体验。"

刹那就是夜晚

每个人都是独自立在
地球的中心
一线阳光
贯穿他的躯体
刹那
夜晚降临

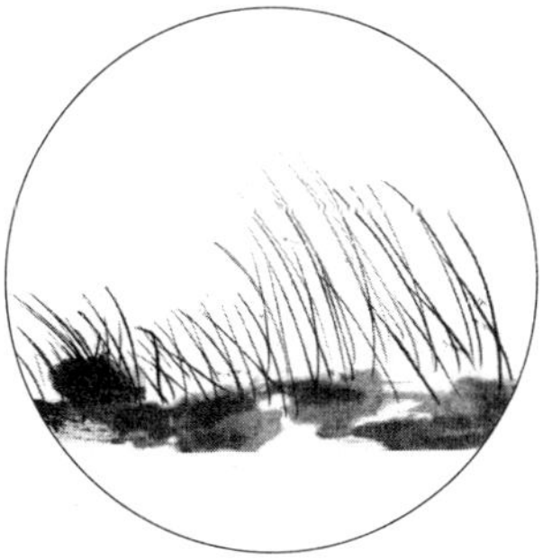

岛

对你的爱
怎能让我不忧伤
我的故乡

橘花——
也许夹竹桃
幽幽的清芬
在夜里微微摇曳

一脉蓝绿色的流水
荡漾着落下的玫瑰
落花轻吻水岸
在港湾里千回百转

我仿佛回到你的怀抱
街上依稀流淌着
温柔羞怯的声音
召唤我弹起诗人的琴弦

我很茫然
这好像是童年
又好像是爱情

一缕乡思
陡然翩飞
我匆匆潜入
逝去的遥远往事

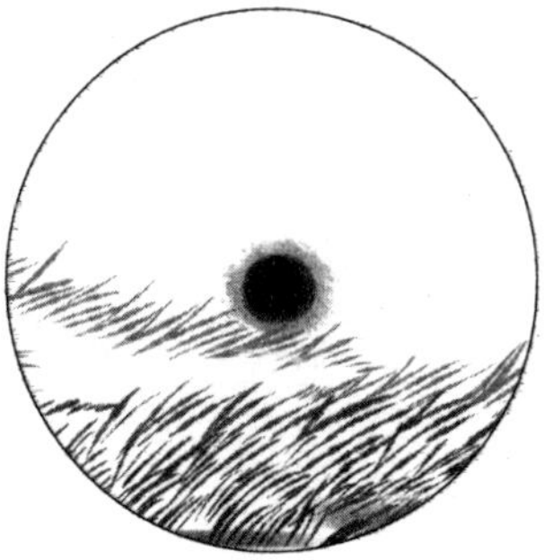

种子

树木
丛荫遮蔽
几粒小岛
崩陷于水
新生的土地上
是愁云惨雾的夜

云雾中
振翅的声音
在我心中响起
凡是活在我心里的
都不会死亡

你看到了我
我生来就这样轻柔
与任何事物都
这样亲近
所以才能
与天神漫步前行

假使你愿意
请把我投入种子
我已疲于
沉睡在我身上的重力

夜鸟的巢

山顶
有一棵高大的松树
虬曲的枝条
好像弯着的弓
正俯下身子
聆听深渊的呓语
夜鸟
栖息在树顶的巢里
扑噜噜——
一阵振翅的声音
惊碎了夜的幽静
我的心
在黑暗中陷于迷乱
它也有自己的
巢和声音
也在聆听
夜的呓语

大地

夜晚洒下一片静谧的阴影
世间万物在这摇篮里沉睡
乘着拂晓的轻风
我在你的怀抱里自由飞翔
迎着悠然的和风
大海在吞噬你的芬芳
天边晨曦初露
人们走向海滩
他们背着鱼篓，撑起满帆
海面上响起一曲离别之歌
荒芜的山冈连接翠绿的平原
一群群牲畜在奔跑，践踏
大地啊，你承受着苦痛
怎不叫我碎了心肠

柠檬树上的黑喜鹊

在教堂前面的草坪上
孩子们围着我
伴随着音乐的节奏
轻轻摇晃脑袋
跳起欢快的舞蹈

或许
这才是生活的意义

黑夜拉开忧伤的帷幕
皎洁月光下
青碧草地上
舞起婆娑人影

回忆带来短暂的梦想
是时候清醒了
大海的潮汐一波波涌来
时光不再属于我
只留下遥远又朦胧的幻影

南方的风啊
散发着柠檬花的清香
在月光下安睡的孩子们
裸露着身子，披洒着月光
请吹散月光吧

把马驹带去湿漉漉的草场
大海正扬起波涛
驱赶着树林上方的阴云
白鹭飞向海面
懒散地嗅着灌木丛里的腐烂气息
柠檬树上只听见黑喜鹊一声长鸣

天使

洁白的天使
侧着身子睡在一朵空中玫瑰上
一双手正在祈祷

我的声音惊醒了他
他笑起来，脸颊上洒满花粉

他唱起美妙的歌
歌声震撼我的心灵
清晨的天空还迷蒙不明
天使是我的，我占有了他
同时感觉全身发冷

信

街头一片寂静
懒散的秋风俯下身子
与飘零的落叶嬉闹着
一会儿又腾起身子
与彩色的招牌亲昵接吻

也许，这是难以倾诉的悲哀
新的一天还没有到来
也许，这是惫懒的借口
是人性中一处卑劣的根源
生活不是心脏在幽暗空间里的颤抖
生活也绝非别人的怜悯
生活是一场血淋淋的搏斗
死亡则是血泊中盛放的花

诺贝尔文学奖
青少年读库

少年读诺奖经典
伟大的诗歌